送小獾回家

[英] 安东尼·麦高恩 著
李小霞 译
锅一菌 绘

中信出版集团 | 北京

图书在版编目（CIP）数据

送小獾回家 / (英) 安东尼·麦高恩著 ; 李小霞译 ;
锅一菌绘. -- 北京 : 中信出版社, 2022.1 (2022.7重印)
书名原文: Brock
ISBN 978-7-5217-3632-8

Ⅰ. ①送… Ⅱ. ①安… ②李… ③锅… Ⅲ. ①儿童小
说—中篇小说—英国—现代 Ⅳ. ①I561.84

中国版本图书馆CIP数据核字（2021）第196113号

送小獾回家

著　　者：[英] 安东尼·麦高恩
译　　者：李小霞
绘　　者：锅一菌
出版发行：中信出版集团股份有限公司
（北京市朝阳区惠新东街甲4号富盛大厦2座　邮编　100029）
承 印 者：北京中科印刷有限公司

开　　本：880mm × 1230mm　1/32　　印　　张：3.75　　字　　数：60千字
版　　次：2022年1月第1版　　印　　次：2022年7月第3次印刷
京权图字：01-2021-5927
书　　号：ISBN 978-7-5217-3632-8
定　　价：29.80元

服务热线：400-600-8099
投稿邮箱：author@citicpub.com

献给马克·卡斯、杰夫·奈格斯，

以及我儿时在约克郡和埃尔梅特的朋友们。

目录

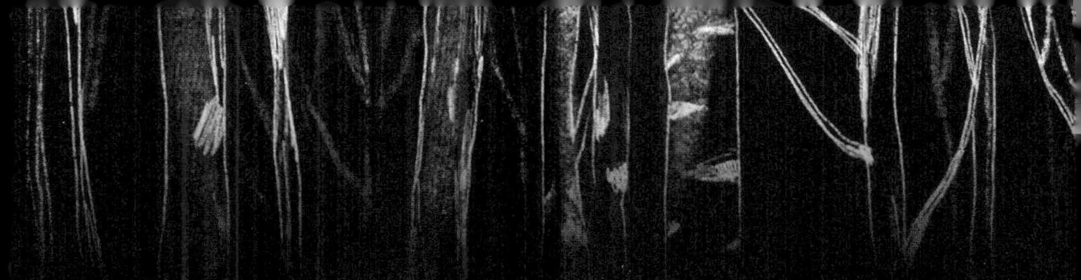

序章

这是一头年迈的雄兽，睡梦中翻动着它的身子。它又回到了往昔的那些战场，那时，它的牙齿还锋利，令所有动物胆寒，如今却已经磨损成一节节棕褐色断树桩的样子了。

它记得那只大狐，在争夺蚯蚓的冲突中杀死的那只。还有水貂，一种从别处来的残忍入侵者，钻进地下来寻它的幼崽。那一战它永远也忘不了，喉咙上深深的刺痕无时无刻不在提醒着它。

在那之前，当它还是头幼崽的时候，曾有一段时间，人类带着狗来追杀，杀个不停。只有它被母亲叼走，成功逃脱。母亲把它放在了一处安全的地方，又回头去寻找其他孩子。但母亲再也没有回来，它被独自留在了这茫茫世界里。

靠着蠕虫和掉落的水果，它活下来了。第一个冬天很难，它挨过饿，受过冻，但都挺住了。

现在，它功成名就，称王称霸，在自己的洞穴里安然熟睡。强悍依旧，却渐渐老去。

然而，它的记忆一路小跑，又回到了那些人类和狗的身上。所有的知觉突然苏醒了。

气味浓烈。此刻，声音也越来越清晰。恐惧在地道和穴室之间弥漫，它心中明白，是时候了。

它伸了个懒腰。

没错，这把老骨头，还有最后一场战斗要打。

第一章 醒醒，尼基！

“醒醒，尼基，醒醒！”

我不想醒。我只想睡觉，只想一直在温暖的被窝里缩着。自从家里的锅炉炸了以后，每天早晨房子里都冷得像地狱。晚上，呼出的空气会在窗户上结成霜，你甚至能用指甲在玻璃上写下自己的名字。

“醒醒，尼基，醒醒。快跟我来。”

叫我的当然是肯尼。肯尼是我哥哥。大家都说他“简单”，这话一点儿不错。我知道，你并不想说他“头脑简单”，但在我看来，这个词形容肯尼挺合适。他脑子里从没有那些把正常人搅得心烦意乱的东西，有时不太能转得过弯儿来，也不知道怎么使坏。他总认为别人都像他一样好心。还有，他一次只能想一件事。

他出生的时候大脑缺氧，留下了后遗症，按照如今的说法，就是有学习障碍。不过，就像我说的，我认为“简单”这个词总归比“障碍”或者“残疾”更中听、更友善、更真实。

有时候，我希望自己也能“简单”点儿，并且快乐，像肯尼那样。

“快来嘛，尼基。”肯尼恳求道。

我半睁开一只眼，看了看窗户。窗外仍然是一团漆黑。

半睁开这只眼睛是我这天犯下的第一个错误。

“哈！”肯尼叫了起来，声音快活得有些沙哑，“我看到啦！你醒啦。来嘛，我们得走啦。”

“走开，肯尼。”我说，“现在还早呢，外头都能冻死人了。”

这么说完全没用。他把我从床上拽了起来。不等我回过味儿来，衣服已经套在我身上了。

“肯尼，你到底要搞什么鬼？”我努力让自己听起来没有生气。对肯尼说话的时候可不能带脾气，不然他就会真的难过。

“来嘛来嘛，”他说，“是好事。”

第二章　走向郊野

“最好是好事。”当我们俩走上村子里那条叫摩尔盖特的主街时，我对肯尼说道。外面实在太冷了，冷到牙齿疼，我们必须闭上嘴，用鼻子呼吸。

把摩尔盖特街叫成“主街”，或许实在太给它面子了。这条街上只有一个超市，还有两家酒吧：一家叫“怪伙计兵站”，爸爸会去；另一家叫“红熊”，爸爸不会去，因为那儿再也不让他进了。另外还有一家美发店，一家已经停业的社交俱乐部，就这些。

走到红绿灯那儿，我们拐上柯克巷，那条巷子有一家炸鱼薯条店，还有一家叫“护林人”的酒吧，巷子的尽头是教堂。

天渐渐亮了，能看见教堂的尖顶了。那是一座老教堂，看上去总是阴森森的。不过，早上的阴森森并不像晚上的阴森森那么吓人，至少你已经知道，所有鬼魂、吸血鬼之类的东西这个时候都已经回到坟墓和棺材里了。

要是在晚上，我和肯尼一定已经开始“呜——呜——”怪叫着互相吓唬对方了。但现在我们俩只是默默地往前走，脑子里想着寒冷的天气。

虽然裹着大衣，我仍然抖得像个瘾君子。肯尼戴着他的红色毛线球帽子，除此之外，他只穿了那件傻乎乎的“神秘博士”运动衫和牛仔裤。我看到他手都冻青了。

这让我感觉很糟。倒不是因为运动衫是史上最没劲的衣服，而是我本该逼着他穿上外套的，但我的脑袋一直昏昏沉沉的。肯尼从来不会觉得冷，等到身子冻僵了，他就号啕大哭，哭到你把他拖回家，靠到煤气炉边上为止。

算了，就这样吧。我们俩沿着田野间的小路继续往前走。渐渐地，我开始意识到我们这是要去哪儿了。

第三章　林中犬吠

这一带大部分都是平地。

因为太平坦了，所以几乎每一寸土地都种上了小麦或别的什么东西，我也搞不明白，可能是甜菜根之类的吧。爸爸说过，以前，田地之间有树篱，你会看到云雀、凤头麦鸡，还有其他许多叫不上名字的鸟。但现在所有的树篱都被挖掉了，只剩下一片平地，只能看到肥硕的鸽子和瘦骨如柴的白嘴鸦。

但有一个地方是例外。那一小块地微微向下凹，形成了一个“V”字形，就像一座迷你峡谷。拖拉机和耕犁都下不去，大家也就懒得砍倒那里的一小丛树木了。那块洼地只有大约一百米长、十米宽，但已经是我们能看到的最接近荒野的地方了。大家都管它叫“小树林”，不过我认为它应该还有别的名字，某个正式的名字，只不过没人记得了。

有时候，小树林的深处会传出猫头鹰的叫声，我有一次还听到过啄木鸟敲木头，但我从没见过，真可惜——我真的很想亲眼见见啄木鸟。我一直很喜欢鸟和其他各种动物。我曾有过一个笔记本，上面记录了我见过的所有鸟类。不过记得并不多，我说了，这一带不怎么适合鸟类生活。

真希望我还留着那个笔记本。那还是妈妈离开以前给我的。但肯尼把它涂得乱七八糟，后来爸爸把本子扔了。

我和肯尼曾经在小树林里搭了个窝棚。那时候我们还有自行车，所以要不了多长时间就能到那儿。但我的自行车被人偷了。肯尼想把他的自行车改装一下，于是拆了个七零八落，结果就像蛋头先生[①]那样，再也装不回去了。

爸爸其实可以修好自行车，但是……唉，他自己

---

① 蛋头先生（Humpty Dumpty），出自英国童谣，多被画成一颗蛋。他从墙上摔下来，摔得粉碎，国王的手下们再也无法将他拼成原状了。——译者注

的麻烦已经够多的了。

没了自行车，走路去那片小树林就太远了，所以我们只得放弃了那个窝棚。不过，也无所谓啦，反正是个破烂窝，几根树枝架在一棵倒下的树上搭成的，树上爬满了耳夹子虫和黑甲虫。

“是要去我们那个窝吗，肯尼？”我问。我想他可能是下了决心，要我一起把它修好。

“是……不是。”他答。听起来什么也没说。

过了一会儿，我听到了狗叫声。说起来挺搞笑的，你其实可以通过狗叫的声音来判断狗的体形大小。好吧，这也许没那么搞笑。我是说，要是你听到一声娇弱的“汪汪”叫，结果看到的却是一条像小马那么大的恶犬，或者，明明听到了一声像狮子一样低沉的怒吼，结果却跳出来一条鼻屎那么大的小串串狗，那可能就比较搞笑啦。

不管怎么说，从刚才的狗叫声，我可以判断出，那应该是条大狗。而且，我还知道是哪条狗。接着，另一条狗加入进来，然后又是一条。现在，就算你不是什么大侦探福尔摩斯，也能猜得出那是哪些狗，猜得出我们会见到谁。

我一把扯住肯尼的胳膊，让他转过身面对我。

“肯尼，怎么回事？”我问，“快说清楚。”

但肯尼却扭动着甩开我，朝小树林和狗叫声的方向大步跑去。他的长胳膊长腿好像晾衣绳上的衣服一样随风摆动。

“我们得在开始之前赶到那里。”他刚回头朝我高喊了一声，就一个跟头摔倒在地。要是我能在他爬起来之前赶到他身边，肯定会把他拖回家的。但直到跑进树林，我才追上他，已经太晚了。

“看呀，是谁来啦，”杰斯鲍说，“那不是大傻子肯尼和大废物尼基嘛。”

第四章 狭路相逢

对面站着三个家伙。要是把狗也算上，那就是六个。里奇·毕晓普和罗布·毕晓普是一对双胞胎。他俩都留着一头黄色的长发，看上去有点儿像天使。不过，你要是真以为他们俩是天使，那就大错特错了，因为他们根本不是。

里奇对人很刻薄。早在小学的时候，他就总打那些孩子，抢他们的零花钱。他踢足球的时候也爱使阴招儿。你要是跑得超过了他，或者使法子绕过了他，他会直接把你撞倒，哪怕有老师在旁边看着。

罗布倒不刻薄，而是另外一个类型——一个“精神病”。平时，他看上去挺友好，也挺正常，可一旦有什么东西刺激了他，他就会砸东西。我说的“东西”也包括人——要是你刚好在附近的话，就倒霉了。他曾经咬过一个小孩儿，那孩子不得不去医院打了破伤风针，没准儿还打了狂犬疫苗。罗布长期服用利他林[①]，但那压根儿没用。

从某些方面来讲，和里奇相处还算容易些，因为你至少知道他要干什么。罗布就不一样了，他就像个炮仗，你以为它已经熄灭了，结果回头去再看，却被炸飞了脑袋。

第三个男孩名叫杰斯·鲍恩，大家都叫他“杰斯鲍”。杰斯鲍十七岁了，这让他成了三个人中的领袖。他块头很大，相当壮实。三条狗中有两条是他的，还有一条是里奇的。

我和肯尼没有狗，爸爸说我们养不起。

杰斯鲍的狗和杰斯鲍挺像，不过可能没有那么壮实。其中一条狗是斗牛犬和某种大型狗杂交的串儿，可能是罗威纳犬，或者其他某种总爱流口水、下巴松弛的狗。我讨厌咬人的时候还流口水的狗，那实在太

① 利他林，一种受到严格管制的精神药品。——译者注

恶心了。

那条狗名叫“撒旦”。肯尼有一次误把它叫成了“圣诞”，于是其他孩子有时候也这么叫，不过杰斯鲍在的时候可不敢。

杰斯鲍的另一条狗是一条普通的斗牛犬，母的。他叫它“烂渣”。

撒旦和烂渣。

光听这两个名字，你就知道杰斯鲍是什么人了。

里奇和罗布的狗是一条叫蒂娜的杰克罗素㹴。那是个邪恶的小坏蛋，但没有那么可怕，因为它就算跳起来，也咬不到你的屁股。

第五章　“违法的”

过了好几秒钟，我才弄明白这是要干什么。

这帮家伙都站在一棵树下。我对鸟或其他动物还算在行，但对树木不太了解，所以说不出那是什么树。它很高，是一棵老树了，就长在小树林边缘的斜坡上，树根在土壤里钻进钻出、绕来绕去，就好像海豚在水面跃进跃出似的。

树根之间的地上有一个洞。洞口大得几乎能把头伸进去。

这大概就是肯尼会做的事——把脑袋插进洞里，然后卡在里面。

里奇和罗布带着铁锹。不知为何，杰斯鲍还带了一把榔头。几条狗都像是疯了，窜来窜去，嗅来嗅去，叫个不停。

“干吗呢，杰斯鲍？”我问道，已经觉得有点儿恶心了。我想，他们大概是把一只狐狸困在洞里了。

“是个獾洞，”杰斯鲍说，“咱们得和獾好好玩玩，对吧，肯尼？”

“对！”肯尼叫道，乐得合不拢嘴。

原来是为了这个。看来是杰斯鲍打发肯尼叫我一起来和他们乐一乐。不过，我可不想和这事儿扯上任何关系。

“这儿不需要我们。”我说。我没有正眼去看杰斯鲍的脸，我在想那个榔头。

杰斯鲍的脸上现出一丝坏笑，那样子让人恨不得拿块砖头拍过去。“肯尼，你是不是很想和獾玩儿呀？”他问。

“对呀！”肯尼应道，“所以我才来了嘛。我还把弟弟叫来啦！你不是说了吗，他也能一起玩儿。”

“我们得回家了，肯尼，”我伸手搭在他的肩头说，“我们去吃点儿早饭吧。橱柜里还有香甜玉米片呢。”

肯尼猛地挣脱了我的手，就好像碰到了一个热熨斗似的。

“你总是不让我玩，”他抱怨道，“我才不回家呢。我不饿，我也不喜欢香甜玉米片。”

“你当然喜欢啦，”我柔声劝道，“你不喜欢的是维多麦麦片，还有炒鸡蛋。”

“你们俩都得留下。”杰斯鲍说。

“我不。”我说，“这么做是错的，这是违法的。”

话一出口，我就意识到这是个错误。里奇和罗布立刻模仿起我说的话来。“这是违——法——的！”他们用一种挖苦的口吻重复着，让我听上去就像个娘娘腔。说完，那几个人都高声起哄，嘲笑起我来。

“真可惜呀，你老爸当初在工具棚里放那些盗版DVD的时候，倒是没想过违法不违法呢。”里奇说。罗布大笑起来，两个人都看向杰斯鲍。杰斯鲍笑得越发幸灾乐祸了，脸上就像趴了一条胖鼻涕虫。

第六章　DVD，以及糟糕的我们

我最好解释一下 DVD 的事，还有为什么他们觉得那么好笑。

我爸爸现在正处于保释期，因为警察在我们家的工具棚里发现了一些 DVD 光盘。杰斯鲍的爸爸米克·鲍恩曾经告诉我爸说，那些是盗版的。他说，即便有人查起来，也只不过是侵犯版权，没人会坐牢。他给了爸爸二百英镑当作保管费，爸爸答应了。他其实没什么选择，因为米克·鲍恩差不多掌管着我们这片小地方，要是你拒绝了他，你家的窗户就会被人砸碎，小孩儿也会挨打。

问题是，这些 DVD 压根儿就不是盗版的，它们都是正版，是从伯明翰的一个仓库里偷来的。结果，爸爸因为窝藏赃物被抓，还可能会因此坐牢。警察告诉他，如果他揭发那些把 DVD 放在他这儿的人，就可以不用坐牢，改判成社区服务。但我爸爸可不是那种告密的人。

在这件事之前，爸爸的情况还算不错。妈妈走了以后，他从来没有完全振作，但一直在努力。餐桌上总有食物，我们的衣服也还可以。他经营了几年渔具店，后来在庞蒂弗拉克特的市场上卖些洗碗布之类的破烂儿，再后来，他在村里四处投递小广告和各种垃圾邮件。有一段时间，他甚至还送过报纸。但在他听说我和肯尼因此被其他孩子取笑后，就不再送了。

可是，DVD 那事之后，爸爸就放弃挣扎了。他整天看电视，晚上喝超市里买来的便宜淡啤酒。他倒不干什么坏事。实际上，他什么事都不干。我猜，他只是在等着，等着看看会发生什么。如果他被关进监狱，我和肯尼就会被送进福利机构。我认为，他是因为太害怕，所以只有放空脑子才能勉强应付。

总之，这就是他们在小树林里大笑的原因，也是我痛恨杰斯鲍和他爸爸的另一个原因。

然后，杰斯鲍向我走来，伸出粗壮的胳膊搂住我的肩膀。狗也过来了——我指的是杰斯鲍的那两条狗。那条叫蒂娜的杰克罗素㹴拼命想挣脱牵它的皮绳，试图钻到洞里去。

“我不打算逼你留下，”杰斯鲍说，“自由国度嘛。不过到时候啊，可怜的肯尼老哥就得靠自己啦，因为他的小弟弟不肯来保——护——他。獾这种畜生可是野蛮得很呢……”

我们都听得出来，杰斯鲍说的并不是獾。

我耸了耸肩。“行，我留下，”我说，“但我不想和这事儿扯上干系，这么做是不对的。”

“随你的便，妈妈的乖乖崽。”杰斯鲍嘲笑道，“哎呀，我还忘啦。你没有妈妈啦，对不对呀？”

里奇和罗布又哈哈大笑起来。像往常一样，别人笑的时候，肯尼也会跟着笑。

然后，杰斯鲍把我晾在一边，开始干活。我则站在那里，像个傻瓜一样看着他们。

第七章　黑暗深处

他们已经在斜坡下方发现了另外两个洞，现在正在张网盖住它们。大部分工作都是肯尼在干，其他人则对他大吼大叫，指使他干这干那。干完这些后，他们准备把那条叫蒂娜的杰克罗素㹴从主洞送进去。

问题是，我心里清楚，他们全搞错了。他们的做法就像是在猎兔子。要是在兔子窝的洞口套上网子，然后放一只雪貂进去，兔子会吓得从另外的洞口逃窜出来，直接落入网子里。我对獾不怎么了解，但我知道，它们肯定不像兔子。

“它们会杀了那条狗的。”我说。

我并不是有意帮助他们，但我也不想看着蒂娜被咬死。这条小狗虽然也凶巴巴的，但并不像另外两条狗那么坏。

“闭嘴，”罗布说，“不然我们就把你塞进这狗屁洞子里去。”

说完他们又哈哈大笑了一顿，然后里奇把蒂娜放进了洞里。正如我说的那样，那条小狗先前还一直在挣脱绳索，此刻，它短促地“汪”了一声，嗅了嗅，很快从洞里跑了出来。

看来，它并不傻。

罗布朝狗骂了几句，揪住它的颈背，又把它推进了洞。小狗还想出来，但罗布用胳膊堵住洞口，把它顶了回去。蒂娜只能往洞里钻，四条小腿刨着小碎步钻进了黑暗深处。

“进展顺利，”杰斯鲍说道，丑陋的脸上露出了满意的笑容，“到网子边做好准备。”

里奇和罗布各自走到一个洞边站好，每人手里都拿着一只麻袋。我猜，他们是打算等獾跑出来，被网子缠住后，就把它们装进麻袋里。我曾经在公路上见过一只死掉的獾，体形相当大。在我看来，即便被网子缠住了，我也不敢指望能把它塞进麻袋里。

第八章 地底的嘶吼

一开始，那几个人还在说说笑笑。过了一会儿，洞里传来了声音。事实上，声音从所有的洞口传了出来，似乎是从地底发出的，又像是从土壤里钻出来的。首先是一阵咆哮，狗的咆哮，接着又是一声嘶吼，但不是猫的那种，听起来像龙或类似龙的猛兽。我是说，那种只会发生在故事里而不是真实生活中的嘶吼。

接着，传来了混战的声音——狂吠、咆哮和痛苦的嗥叫。

“加油，坚持住，姑娘！”杰斯鲍对着洞口朝里面喊。几乎有点儿搞笑了，我是说，看着他煞有介事地冲洞口说话。当然，事情并不好笑，你能想象得出地面之下发生了什么，那一定非常可怕。

更可怕的是，声音突然停止了。然后是一段很长的寂静，静得就像外太空。

“该死！”杰斯鲍骂道。

我从没想过，战斗突然停止后会是这么安静，就好像整个世界都停止了。风声没有了，麻雀那恼人的喳喳叫声也听不到了。就连撒旦和烂渣那两条疯狗也停止了吠叫。

然后杰斯鲍的嘴里开始往外冒脏话。

里奇和罗布从另两个洞那边走了回来。

“我们的蒂娜在哪儿？”罗布问。

“闭嘴！”杰斯鲍吼道。

要是别人这么对罗布说话，这个疯脑子早就发飙了。但他和其他人一样，也害怕杰斯鲍，怕得足能控制住自己的疯狂。至少现在是这样。

“我们可以养条新狗，”里奇说，“像样点儿的。蒂娜就是个蠢鸡。”

这话惹得杰斯鲍和罗布大笑起来，但我甚至拿不准里奇是不是真的在开玩笑。

第九章　疯狂与理智

“好吧，我们把这些混蛋挖出来！”杰斯鲍说着指了指肯尼，“你！过来！”

“干吗？”肯尼问。他不笑了，连他都意识到出事了。

“因为我让你过来，”杰斯鲍说着，拿起一把铁锹塞进肯尼手里，“去！沿着那儿开始挖。”

就像我前面说的，主洞穴的地道是沿着斜坡走的。所以，要想挖开它，只需要顺着洼地的斜坡往下挖一点儿就可以。

肯尼不太会挖土，只会拿着铁锹东戳西戳，这惹得杰斯鲍很恼火。他一把推开肯尼，叫来了里奇和罗布。他们三个去挖地道，我们俩被派去看网子。

杰斯鲍十分狂躁。他疯了似的抡起铁锹，几下子就把地道刨开了。里奇和罗布也很卖力。里奇拿来另一把铁锹；罗布用一根像镐一样的大木棍，先戳松土壤，然后让里奇把土铲走。不一会儿，他们就挖开了大约三米长的地道。

我想过是不是该趁着他们挖洞的时候带肯尼逃走，但我知道杰斯鲍会追上来，也知道他最后会逮住我们。

当然也有别的原因。

内心深处，我也很想知道最后的结果。

我看得出，杰斯鲍浑身洋溢着一种疯狂的能量，就好像被魔鬼附身了似的。这是一种病态，当然是在犯错，但同时也带有某种磁力。即便我心里想走开，脚下也迈不开步子。

但我至少能做一件事。

我让肯尼待在一个洞旁，自己去了另一个洞。我偷偷地往杰斯鲍和其他人的方向瞥了一眼，确认他们没有注意到我后，用脚拨开了网子。

然后，我退后一步站好，等待着。

第十章　獾的逃离

獾和兔子不一样。它们不会轻易窜进一张等候着它们的网子里。它们的大脑要聪明得多。

杰斯鲍和另外两个人沿着斜坡一直往前挖。因为地道没有其他的分叉，所以进展迅速。他们很快就会碰到獾，然后就会是一场血战。

突然，我瞥到离我最近的这个洞口中闪过一个黑白相间的影子。

我实在不明白为什么獾的鼻子是黑白相间的。这种伪装也太烂了，一眼就能认出来。不过，或许这就是关键：也许獾就是这样一种凶猛的动物，黑白相间的图案其实是一种警告，大概是说“敢惹我的话，就咬烂你的脸”之类的。

任何时候，看到这样的动物——我是说，这种不常见到的野生动物——总会令人屏住呼吸。一时间，我忘记了杰斯鲍和他那两个伙计。事实上，我几乎忘记了世间的一切，除了我自己和这张黑白相间的小脸。

我一动都不敢动，生怕再把它吓回去。那个鼻头往亮处探了探，又缩回到黑暗中。

“你那边洞口看到獾了吗？”杰斯鲍的声音传了过来。

我抬起了头。杰斯鲍正盯着我看，似乎怀疑我在搞鬼。

我耸了耸肩。“没，没准儿下面什么都没有呢。”

“什么都没有？你这个愚蠢的大废物！那是什么杀死了蒂娜？蚯蚓吗？”

里奇和罗布笑得像两条豺狗。简直难以想象，杰斯鲍说的可是他们俩的狗呀，是半个小时前还在陪他们玩的狗呀。

我无话可说，所以我也没有说话。但这个笑话似乎让杰斯鲍忘记了他要问的事，他只是接着去问肯尼看到什么没有。肯尼说没有，杰斯鲍就继续挖去了。

我又低头看了看面前的洞。我真怕刚才那一闹，会把獾彻底吓回去，那对它而言就意味着死。它会被杰斯鲍挖出来，被那两条大狗咬死。我真不想那样。

然而没有。那只黑白相间的鼻头又探了回来。这一次看上去有点儿……怪。似乎不一样了。我意识到它嘴里有什么东西。一开始我也说不好那是什么，过了一会儿才看清，原来是另一头獾——一只獾宝宝！

那头獾叼着宝宝以最快的速度从洞里窜了出来。很显然，它吓得屁滚尿流。它——嗯，我猜它是母的，肯定是獾妈妈。它现在离我只有两米远。我能看到它背部银色的毛发。

它一路狂奔，钻过地面的欧蕨、荆棘和垃圾。更神奇的还在后面：另一只小獾跟在它后面，然后又是一只，一共三只獾宝宝。嗯，后两只或许不算小宝宝。它们的个头有小狗幼崽那么大。只那么一会儿，獾妈妈和獾宝宝就一起不见了。

我想，它们安全了。

终于，我再也忍不住，脸上露出了笑容。

“你笑什么？”一个声音质问道。

第十一章 巨獾在等候

是里奇。他提着铁锹朝我走来，满身泥污，像是迫不及待想要杀死点儿什么东西。

或者杀死某个人。

我以最快的速度挪到那个洞旁边，身子一蹲，趁机把网子盖了回去。

“我想我好像看到了什么。”我一边说，一边往洞口深处看。

“是不是抓住了一只？”杰斯鲍喊道。

“没有，”里奇答，“他只是说看到了。”

于是，里奇把铁锹递给了我。

“你去挖一会儿。”他的口气很随便，我却觉得比他大喊大叫还要可怕。他把铁锹塞进我手里说：“我来看着这该死的洞。”

于是，我过去帮其他人挖土。我现在已经无所谓了，我猜所有的獾都已经逃走了。事实上，我特别开心，挖得反而比杰斯鲍和罗布还要快。挖土、捅地道这种事还有一个好处，干不了多久就会一头大汗。

我不太讨厌分派到挖洞的活儿。人人都说我瘦骨如柴，挖洞正好可以锻炼肌肉，这样我看上去就不那么像火柴棍了。

但很快，一切都变了。

首先我们发现了蒂娜。我几乎已经把它忘了。它卡在地道深处，身子几乎弯成两段，浑身上下布满咬痕，满是血污。那一瞬间我以为它肯定死了，但没有。它仍在呼吸。杰斯鲍伸手抓住它的脖子，把它拖了出来，扔到一边，就好像发现的是可乐罐子之类的垃圾似的。

我看向里奇和罗布。里奇的脸上一片木然，但你能看得出，他已经翻江倒海了。但最后他还是选择无视蒂娜，任凭它瘫在潮湿的地上，轻轻地颤动。

他们又坚持挖了一阵，终于，事情真的发生了。

起初，撒旦和烂渣一直躺在一边，舔自己的屁股，或是干着其他狗无聊时干的事。突然，烂渣开始咆哮。它向前猛地一蹿，撒旦紧随其后。两条狗同时把脑袋伸进了洞里，差点儿卡在了一起。

“这还差不多。”杰斯鲍说，“我们总算有收获啦。”

我退后一步，而杰斯鲍和罗布挖得更疯狂了。里奇赶了过来，从我手里夺过铁锹，渴望分享一点儿荣光。

一分钟后，两条狗简直发了疯。

“在那儿！我看见它了。”罗布叫道。

地道已经完全被挖开了。洞里面塞着干草和树叶，但不止这些，地道的大部分空间被一头巨獾占据了。我猜它一定非常老了——我也说不好，按照獾的岁数换算，有一百多岁了吧。

我愣神看时，杰斯鲍挥起铁锹猛地拍了獾的后背一下。獾缩了缩身子，随即怒吼一声，张开嘴，猛地咬住了铁锹。

“把狗拽好了！”杰斯鲍喊道。里奇和罗布立刻各自抓住一条狗的项圈。

这对双胞胎这一点还行——至少不是懦夫。两条狗依旧十分疯狂，撕咬着试图挣脱，但里奇和罗布稳稳地抓住了它们。

我看到杰斯鲍提着铁锹绕到了老獾身后，把它从那块宽敞地方轰了出来——那或许是老獾睡觉的地方。

不过接着我又想到，那地方应该是它的育儿室——如果可以这么叫的话，是母獾照顾幼崽的地方。也许那头老獾是在掩护母獾。或者，更确切地说，确保没人去追它。

如果这头老獾能留在洞里，背靠着巢穴，我猜它敢对付任何东西，哪怕是狮子、老虎也不在话下。但现在杰斯鲍把它拖到了灌木丛里，这里，没有任何东西能护住它的后背。

“放狗！”他命令里奇和罗布，两个人立刻撒开了撒旦和烂渣。

在这之前，肯尼一定还在以为我们只不过是要和獾一起玩耍，比如说，把它们当宠物那样逗一逗之类的。此刻，袭击开始，他怔愣了好一阵儿，不明白发生了什么。有那么几秒钟，他甚至咧嘴笑了几声。

“狗狗是在和獾玩儿吗？”他问道，伸长了脑袋想看个究竟。

接着传来了野蛮的咆哮声和痛苦的尖叫声，就连他那样天真的脑袋也已经能明白了。“它们打起来了吗？”他问道，“它们为什么要打起来？到底出了什么事？”

然后，他哭着跑进了树林里。我本该追上去的，但我呆呆地看着，无法挪动步子。

第十二章　致命一击

那头獾的后腿有点不对劲儿，也许是脊椎断了之类的。我不知道这是杰斯鲍用铁锹打断的，还是之前就已经受伤了。也许这就是它没有逃跑的原因。

无所谓了，不管是什么缘故，它现在没法灵活运动了。而且，它不断受到攻击，那两条恶犬从每个角度凶狠地撕咬它。每当獾拖着无力的后腿朝撒旦扑过去，烂渣就趁机冲上来咬一口。而当獾掉头扑向烂渣时，撒旦就会反过来攻击它。

这一幕太让人难受了，我真希望自己能离开。

但我就站在那里，一直看到了最后。这让我觉得自己很恶心。

有一件事帮了獾的忙：两条狗似乎咬不住它那坚韧、厚实的老皮。有那么一下，烂渣终于逮住机会冲上去咬住了它。这个动作实在太糟了，我是说，对狗而言。獾的皮肤松垮垮的，就像脚上套的一只过于宽松的袜子。即便狗的大尖牙咬住了獾的后脖颈，獾皮毛里面的肌肉动起来却不受影响。于是獾转过了脑袋。

这似乎就是獾等待已久的时机。它也许太老，动作迟缓，但上下颌的咬力并没有减弱。它突然张大嘴——比你想象的要大得多。我看到了它的牙齿，很糟——全都断了，黑乎乎的，但仍然剩下了几颗锯齿状的长牙，此刻已经尽数插进了烂渣的咽喉。

我想，那一刻我就知道，烂渣必死无疑。那头獾不要命的样子就像在说："好吧，谁让你们不肯放手的，对不对？"

现在，撒旦想怎么做已经无所谓了，一头獾毕竟不能同时咬住两条狗。撒旦尖利的牙齿狠插进獾的后背，终于刺破了它坚硬的毛皮，渗出了鲜血。撒旦不停地咆哮，撕咬，怒吼，扭甩，可老獾根本不理会。

因为老獾有一件事要做。

一件艰难的事。

一件痛苦的事。

一件会令它丧命的事。

但它还是要做。

这件事就是坚持住。

在这之前，杰斯鲍、里奇和罗布一直在旁边笑着、叫着、欢呼着，好像在看足球比赛：

“干掉他，烂渣。”

“上啊，弄死它，撒旦！”

现在情况变了。杰斯鲍试图用铁锹把烂渣从獾的嘴里解救下来。但当三只动物缠斗、厮打在一起时，这么做几乎是不可能的。他不停地挥起铁锹的尖刃向下铲，但几乎都没有铲中。有那么一下，他甚至铲中了撒旦的脑袋。

这一锹对撒旦来讲实在是太糟了，它暂时松开了嘴。

“拉住它！”杰斯鲍命令道，里奇和罗布忙上去抓住那条被打晕了的狗。

獾仍然死死地钳着烂渣的喉咙，狗瞪大了眼睛，满眼是恐惧和痛苦。

那眼睛里还有另一种变化——你能看到光芒似乎正渐渐消退。时间一秒一秒地过去，那双眼睛越来越暗淡。

现在，杰斯鲍可以挥他的铁锹了。他高举到这颤抖的两只动物头顶，然后铲了下去。

我再也看不下去了，转过身去找肯尼。他已经不在了。

身后传来一声哀嚎。我想那是里奇。

“你干了什么啊？”

我转过身，看到了发生的一切。杰斯鲍没有打中獾，他再次失去了准头，铲中了自己的狗。如果说之前烂渣已经难以维持了，现在这一下则是致命的一击。

杰斯鲍站在那里，手中拿着血淋淋的铁锹，盯着一动不动的烂渣。他的脸就像一张还没有撒上配料的比萨饼皮，苍白而茫然。

獾松开了嘴，侧身躺倒在地。它看上去也快死了。突然，杰斯鲍尖叫了一声，抡起铁锹一下一下朝它打去。

我转身往家的方向跑去，一路狂奔，泪水模糊了我的眼睛。

第十三章　嗅嗅

回到家，我立刻上楼去了肯尼的房间。

小时候，他只要心情不好，就会躲到床底下。果然，他就在那里。

“出来吧，肯尼。”我说。

“我不想。我不喜欢他们那么做。”

“他们不是好人，肯尼，”我告诉他，“以后你不会再和他们玩了，对不对？”

“再也不和他们玩了。”

“你要是出来，就能吃一块玛氏巧克力棒。”

我得这么说才能把他唤出来——从来如此。

“在哪儿？”他问。

“我一会儿就去商店买。”

肯尼的表情看起来像是被骗了——从来如此。但接着，他的脸色变了。

“他们杀了獾吗？”他问道。

我点了点头。但我又告诉他，我是如何让獾妈妈带着孩子们逃走的。这让肯尼开心得拍着手笑起来。

“我的帽子丢了，”他说，“妈妈给我的那顶红色帽子。一定是掉在小树林里了。”

“等会儿我去买巧克力棒的时候，给你找回来。”

于是，几个小时后，我又回到了小树林。我立刻找到了肯尼的帽子。在一片绿色棕色之间，你根本不会错过那一点儿红。之后，我又回到了挖出獾的地方。老獾还在那儿。

它死后的样子看上去比活着时更大。身长有我两条胳膊完全伸展开那么长。把它就这么丢在这里似乎不太对。可我不敢把它抱起来，它身上可能有跳蚤之类的东西。于是我只好用脚把它推回到窝里。这有点儿费力，而且感觉很不舒服，就好像我落井下石，欺负一头没有反抗能力的动物似的。不过，我总算把它弄回窝里，用周围的松土盖住了它。

这坟墓实在太烂，但总比没有的好。我考虑了一下祈祷的事，又觉得这么做很蠢。最后，我只是说了一声“对不起”——你知道，我也参与了杀害它。

烂渣不在这儿。一定是杰斯鲍把它带回去了。但我发现了蒂娜。它仍然躺在之前被丢弃的地方。我以为它像烂渣和獾那样，已经死了。然而并没有。它一直是个充满活力、凶巴巴的小家伙，此刻却像羊羔一样温柔地躺在地上，只是向上看着我。我在心里狠狠地咒骂里奇和罗布，他们竟然把这条可怜的小狗留在这里孤零零地等死。

我把小狗抱了起来。

“没事啦，没事啦。”我安慰道。

我伸出手指放到它的嘴边，它舔了舔。于是我做出了决定，把它交给肯尼照顾。要是里奇和罗布来找麻烦，我就说他们把小狗留在这儿等死，就已经没什么说话的份儿了。要是他们俩还不罢休，我就和他们斗到底。

我本该直接回家的，但不知怎的，我还是决定再去看一眼我们挂过网的洞口。我来到那个放走了獾妈妈的洞口，忽然看到那里有什么东西。一开始，我以为是只兔子，因为那家伙有灰色的后背。等走近细看时，我看到了一张黑白相间的小脸。

一只獾宝宝。

这么说，是四只幼崽，不是三只。这一只被丢下了。它被网子绊住，彻底缠成了一团。它肯定挣扎了很久很久，现在累坏了。

我放下蒂娜，一点一点把獾从网子里解开。起初，我担心它会咬我，但它只是乖乖地趴着，任由我解开网子。它可能是太累了，没力气战斗；也可能是太年幼，还没学会憎恨人类。

终于，我解开了，把它捧在手里。它和我们在小学时养的豚鼠差不多大——那只豚鼠叫什么名字来着？嗅嗅。对，没错，叫嗅嗅。

我环顾四周。它妈妈在吗？如果它要来找孩子的话，肯定早就回来了。

来的时候，我穿了一件厚外套。这个外套以前是我爸爸的，穿在身上就像流浪汉睡觉时裹着的破烂儿。我把幼獾放进外套口袋，抱起蒂娜，往家的方向走去。

第十四章　一个半秘密

后院的工具棚里已经没有盗版 DVD 了，但还是堆满了垃圾：一台坏掉的割草机，几罐干掉的油漆，几只纸箱里装满各种电器的电线——电器早就没有了，还有一把坏铁锹、一个破花盆和一台坏掉的收音机。

我把蒂娜放进一只纸箱，把獾放进另一只，然后去叫肯尼。

爸爸坐在厨房里，端着只缺口的杯子喝着什么，读着一份不知从哪里弄来的报纸。他要么刮刮胡子，要么留个像样的络腮胡，怎么都比现在这样好。

他抬头看向我。

“你去哪儿了？”

“出去了。”

“有点儿早啊。你没去惹麻烦吧？”

“没有，爸爸。肯尼在哪儿？”

爸爸朝客厅抬了抬下巴，我走了过去。肯尼正在看电视里的动画片，眼睛里闪烁着幸福的光芒。这就是肯尼的优点。即便十分钟前发生过可怕的事，他也会很快忘记，专注地享受眼前的一切。

“肯尼，过来。”我说。

“去哪儿？你买来玛氏巧克力棒啦？”

见鬼。我完全忘了巧克力棒的事。

“我有比那更好的东西，”我告诉他，“不过，我们必须先做点儿准备。”

于是，我让肯尼站在工具棚外，接住我从棚子里递出去的破烂儿。然后，我们俩把这些破烂儿偷偷扔到了街角 54 号前面的马路牙子上。今天是星期六，没有工人会把我们逮住臭骂一顿。

然后我让肯尼走进工具棚，把蒂娜指给他看。蒂娜抬起头来，努力看着他，摇了摇那条细尾巴。

“这是蒂娜吗？”肯尼叫道，脸上露出惊奇的神色，“我还以为它死了。我们是不是得把它还给里奇？”

“不，”我答，“他们根本没资格养狗。是我救了它。现在，我要把它交给你来照顾。”

肯尼正要开心地大叫，我制止了他。但他真的已经激动得浑身发抖了。

“还有一件事呢。”我说。

我又指给他看那只装着獾的盒子。

肯尼打了一个大大的呼哨。

“啊——这是我们的吗？我们能养它吗？它叫什么名字？”

我想起了学校里的那只豚鼠。“它叫嗅嗅，”我说，“这是个大秘密。要是杰斯鲍知道了，肯定会杀了它的。”

“我觉得爸爸不会让我们养它的。”肯尼说。这一次，他是对的。

“好吧，那我们得确保不让他发现。”我说。

“那我能告诉他蒂娜的事吗？”肯尼问，“爸爸告诉过我，他以前也有一只小狗。不过，那只小狗追着送牛奶的车跑了，再也没回来。他会同意我们养蒂娜的。这和嗅嗅不一样。”

我想了几秒钟，实在想不出怎么能一直保守小狗的秘密。而且，我觉得它也需要医治，我们小时候，但凡有个磕磕碰碰，爸爸总能把我们照料得不错。他能趁你不注意时拔出你手上的木刺。“窗外是什么呀？”他说，等你回头看时，刺已经不见了。

“好吧，”我说，“你可以告诉爸爸。对了，为什么不现在就给他看呢？不过一定要记住，千万别提嗅嗅的事。要是他问起来，就说蒂娜和其他狗打架，被咬伤了。”

于是，肯尼抱着那只装蒂娜的纸箱走进厨房，拿给仍读着报纸的爸爸。只不过，他并没有真的在读报，而是在盯着报纸出神。

“你手里拿的是什么，孩子？”看到肯尼把纸箱放在桌子上，他问道。

“是我的新狗狗。”肯尼答，“它叫蒂娜。它被圣诞咬伤了。”

爸爸看着肯尼，我以为他要笑一下——他已经很久没有笑了。然而，当他低头看到狗狗时，这情况任谁都笑不出来。

“我是在小树林里发现它的。”我说。

“惹麻烦了，是不是，姑娘？”爸爸凝视着蒂娜，“让我们看看，能想点儿什么法子。”

他把蒂娜从盒子里抱出来，放在他正在读的报纸上。

“去浴室把消毒药水拿来，”他对我说。但肯尼已经率先跑了过去。他差不多把浴室里的东西都搬了出来，甚至包括牙膏和洗发水，也包括消毒药水——那一定是妈妈还在的时候买的。

爸爸拿起水壶倒了一碗温水，又往水里倒了一些消毒药水。

“再给我们拿些卫生纸来。”他说。

这个就连肯尼也不会搞错。

第十五章　最好的朋友

半小时后，蒂娜看上去好多了。虽然走路困难，四肢无力，但伤口清理干净了，眼睛也亮了一些。

“我们应该带它去兽医那里缝合伤口，”爸爸说，“但是……”

不用他说完，我也知道。我们没钱付给兽医。

“我们会照顾它的，爸爸。”肯尼说。

爸爸朝他点了点头。不知怎的，在他为蒂娜清理伤口的时候，我们早把是不是允许我们养狗的问题抛到了九霄云外。

“啊，那好吧，”爸爸说，“你可一定得负责到底啊。”

我本能地瞥了一眼厨房里的挂钟。这可真蠢，那个钟已经停了两年了。其实只要换一块新电池就行，但这就是那种我们家的人永远办不成的事儿。煤气灶上的时钟还在工作，显示现在是上午十一点。发生了那么多事，竟还是上午。

“我得出门了。”爸爸说。

爸爸在给狗狗处理伤口的时候看起来和平时不大相同，更像是我记忆中的样子。但当他站起来走出房间的时候，那个样子又不见了。他的肩膀耷拉着，就好像两只手各提了一只沉重的购物袋。

“你给肯尼弄饭，”他头也不回地说，“别忘了他的下午茶。”

“吃什么？”我问。

“不知道。豆子配吐司吧。”

他说完走了出去，厨房门在他身后开合了一下，没有完全关上。

那天剩下的时间总算一切正常。我们需要钱买狗粮，于是我和肯尼在我放袜子的抽屉和他的小猪存钱罐里搜刮了好一阵，凑出来七英镑。

“你留在这儿照顾蒂娜。”我说完，去超市买了两罐便宜的狗粮。

当我回来时，房子里空无一人。我惊慌地跑去工具棚，不知道会发生什么。嗯，我其实很知道会发生什么，只是不知道是好是坏。

肯尼抬起头，咧开大嘴，露出一副傻乎乎的微笑。

“嗅嗅和蒂娜，它们俩现在是朋友啦。”

肯尼把蒂娜和小獾放在了一个纸箱里。我不知道是不是因为里奇不久前把蒂娜所有的狗崽都淹死了，还是因为蒂娜伤得太重动不了，它居然搂着嗅嗅，团着身子躺着。小獾的脑袋枕着蒂娜，抬起一双小小的黑眼睛望着我。

“你觉得它们俩会结婚吗？”肯尼问。

我大笑起来。

“不会，蒂娜看上去更像是它的妈妈，”我说，“真是难以置信。照说它们应该互相憎恨呀。你刚把它们俩放在一起的时候，是什么样儿的？”

“嗯，一开始蒂娜缩在盒子一角，好像很害怕。然后嗅嗅走到它跟前，用獾的语言和它打了个招呼，然后它们俩就成了最好的朋友啦。”

我伸手搂住了哥哥。

“而你是我最好的朋友。”我说。

“拉倒吧！”他不好意思地笑了，“你是我第二好的朋友，排在萨米特后面。萨米特会模仿机枪的声音，还能一口气说出整个字母表。”

“我也可以呀。”我说。但我只说到“g”，一口气就吐完了。我大笑了起来。

我回到厨房，打开狗粮，分别盛在两个盘子里，又端回工具棚。我把蒂娜从盒子里抱出来放在地板上，把一个盘子端到它旁边，又把另一个盘子放在盒子里给獾。肯尼眼睛眨都不眨地看着，就像平时看动画片那样。

蒂娜立刻吃光了盘子里的食物，又抬头看着我，还想再要。小獾的动作慢一点儿，但也开始小口吃了起来。它吃掉了一半，我把剩下的给了蒂娜。然后小獾在盒子里尿了一泡尿，又拉了一坨屎，逗得肯尼笑得像疯了似的，嘴里一遍一遍不停地叫着：“獾屉屉，獾屉屉……”

“带蒂娜到院子去一趟，”我对他说，“我打赌它也要上厕所啦。”

纸箱子我们倒有的是，所以我扔掉了这个，又拿了一个新的。这一次，我在箱子底部放了一堆撕碎的报纸。

肯尼出现在工具棚门口。“蒂娜尿尿了，但它不肯拉屉屉。”

“那好吧，肯尼。”

我看了看蒂娜。它走起路来仍然摇摇晃晃的，刚经历过那样一个早晨，现在这个样子一点儿都不奇怪。我本想说该把它带回屋子和我们待在一起，却心念一转，把它抱起来和嗅嗅放回一起。它们俩再次团在一块儿，熟稔得就好像这辈子都是这样的。

就这样，我们把它俩留在这里，让它们舒舒服服地打盹儿去了。

第十六章　图书馆女士

面包片上长了一层绿毛，我得刮掉才能把肯尼的豆子抹在上面。我好像在哪儿读到过，这种绿毛对人体无害。之后，我让肯尼去萨米特家玩。萨米特的爸爸妈妈特别善良。萨米特比肯尼小几岁，他们俩正好在一起玩。

我去了图书馆。图书馆以前都是全天开放的，而且免费，爸爸妈妈吵架的时候我总喜欢去那里。

就像你想象的那样，图书馆的女管理员留着一头硕大蓬松的头发，脖子上挂着一副眼镜。她一直对我很好。她知道我喜欢关于太空和外星人的书，有时会向我推荐一些，但大多数时候，她就让我自己随意。我不知道她叫什么，总是叫她“图书馆女士”。她胸前别了姓名牌，但牌子太小，我又不想盯着她的胸部看，以免让她认为我是个怪胎。

由于削减开支的缘故，现在图书馆也改为定时开放了。不过，星期六下午它会一直开到两点，对我来说还算好。

起初，我查了一些大部头参考书，但没找到多少关于獾的资料。我是说，的确有很多介绍獾的骨骼结构之类的，但如何照养一只獾，没有这样的书。于是我去问图书馆女士，有没有关于獾的其他书。她在电脑上查了一下，说：“我想有的……”

那本书就叫《獾》，里面有你想知道的关于獾的一切。这本书不能外借，但我并不介意。我在一张大木桌子旁坐下，花一个小时翻阅了一遍。翻完后，我觉得自己简直成了国际獾研究专家。我知道它们喜欢吃什么（蠕虫），住在哪里，会发出什么样的声音，它们的家庭成员通常有多少……诸如此类。可是，我还是不知道该怎么照料它们。

但是，书上确实讲到一件事。上面说，大多数时候，整个獾家族会生活在一个主洞里。这个洞穴有很多很多地道和入口。

不过，除了主洞之外，还有一些边缘洞，那是只有一条主地道的小型獾洞。有时候，主洞里的几只獾会搬到边缘洞里生活一段时间，然后再返回主洞。

这让我觉得，杰斯鲍捣毁的那个一定是个边缘洞，主洞应该还在别的地方。我开始思考，也许我可以找到那个洞穴——我是说主洞——然后把嗅嗅送回去。能这么做吗？我摸过它，它身上有了人类的气味，獾妈妈还会接纳它吗？书里并没有说这个。

“找到你想了解的东西了吗？”当我把书放回书架时，图书馆女士问我。

“找到了一些，但还不全。”

“那是你的家庭作业吗？”

我点了点头。我很讨厌对图书馆女士撒谎，但我不能把獾的事告诉任何人，对不对？只是点点头，这算不上真正的撒谎，毕竟我没说假话。

“那为什么不上网看看呢？”她说，“你可能会在网上发现更多的信息。”

上网查资料这种话可不像图书馆女士说的。她总是说互联网上到处都是垃圾，只有书上说的才是真的。而且图书馆里只有两台蹩脚的电脑，总有一大堆人排队用它找工作，或者在 eBay（亿贝）网上卖二手货。不过，时来运转，这会儿没人用电脑。

我找到了几个不错的网站，还弄清了该给獾喂什么食物。狗粮其实是不错的选择，那只幼獾已经大了，不用喝奶了。然而，我真正想知道的信息还不在上面。其中一个网站上有个联系电话。我把电话记在一张小纸片上，向图书馆女士道了谢，往家跑去。

第十七章　改变世界的机会

我又去查看蒂娜和小獾。小獾正在给蒂娜舔伤口。这让我心头涌起一股奇怪的感觉。过去几年里，我把自己所有的温柔都留给了肯尼。其他时候，我逼着自己变得冷酷。我说的冷酷是指不让自己去感受、去思考、去关心。当然，我永远也没法做到杰斯鲍、里奇和罗布那样，我也不想。但不管怎么说，我已经有很久很久没有对什么事动感情了。然而此刻，我就站在这里，看着面前脏兮兮的旧纸箱里蜷缩着的两个小生命，心中泛起了一种……情感。

这时我想起来，我还没给它们喂水。于是我跑去厨房倒了一碗水。刚放进盒子里，它们就自动分开，把碗里的水喝了个干净。我又重新倒了一碗，放回了盒子里。

我得去打个电话。

“你好，獾保护基金会。”

接电话的这个家伙听起来不怎么友好。而且，那声音让人觉得，他干这活儿有点儿无聊。这让我把本来想说的话都忘光了。

“呃——你好。”

“有何贵干？”

那声音现在听起来更恼火了。我猜，可能是因为听出我是个小孩儿吧。

“是的。我，呃，捡到了一只獾。”

“还活着吗？”

“是的，当然。要是死獾，我还给你打电话干吗？”

“受伤了吗？”

“没有。是一个獾宝宝，不是那种还得喂奶的小宝宝。我是说——”

“你知道从野外捕捉獾是违法的，对不对？”

“我没有捉，是我捡到的。它孤零零一个，它妈妈走了。”

“你怎么知道？如果你打扰了獾，母獾有时候会离开幼崽，但之后还会再回来。发现它的地点离洞穴很近吗？”

听起来，他现在可是一点儿都不无聊了。

“是的，不对，差不多吧。”我说。这个基金会的家伙让我说起话来就像肯尼。

“到底是怎么回事？”

“嗯，它离洞穴很近，但是那个洞穴……嗯……没法用了。”

我能感觉得到，电话那头的家伙在思考。我很肯定他知道发生了什么事。倒不是说知道所有的，但能猜出个大概来。他大概猜得出，獾被人挖出来，被人攻击了。

“你在哪儿，孩子？能告诉我你的确切位置吗？”

那一头的声音里带了一丝威胁的意思。

“我只是想问一个问题，仅此而已。”

“知道吗？我可以追踪这通电话，我能找出你在哪里。到那时候，你可就惹大麻烦了。”

这可真是个错误。他不该威胁我，更不该吓唬我。

“你不过是獾保护基金会，并不是什么联邦调查局，”我说，“你啥都追踪不到。我只不过想问个简单的问题，只不过想帮助这头獾。你到底帮不帮忙？”

电话那头的家伙深吸了一口气，但控制住了情绪。

“那你想知道什么呢？”

“我发现它的那个洞穴被……被人捣毁了。但那只是一个……”我试图想起那个名字。叫什么来着？“边……边什么……”

“边缘洞？”

“对对，就是这个，是一个边缘洞，只有一条地道。所以我认为，附近一定还有主洞。”

“有可能，没错，有可能。”

“我的问题是，如果我找到那地方，其他獾会把它带回去吗？”

一阵沉默。电话那头的人没有发出任何声音，但我知道他并不是生气，也不是无聊。现在，他正试图想清楚什么办法最好。

“是的，大多数时候，它们会那么做的，”他说，“你越早把它送回去越好。不过，听着，我们在全国各地都有志愿者，如果你告诉我你在哪里，他们可以接手。如果有什么关于獾的犯罪活动，只要你没有参与，就不会惹上大麻烦。”

我想到自己和肯尼也帮忙挖过洞，想到杰斯鲍、里奇和罗布会怎么说。我知道我们会因此受到惩罚，至少是一部分惩罚。

但我也想到了别的。我和肯尼这几年过得很糟糕，没有遇到过什么好事，也没有机会做什么好事。然而现在，有了这只小獾，我们有一个机会让世界发生一点点改变——放一些美好的东西在里面，就好像向茶里放糖。

“谢谢你，先生，”我说，“我会给你寄张明信片的。”

这算不上什么风趣的回应，不过，风趣的回应从来都不是我在行的事。

我正要挂断电话，电话那头突然说：“我叫史蒂夫。你呢？”

“尼基。”我想都没想就答道。但我又想了一下，或许说出名字也不要紧，因为世界上有成千上万叫尼基的孩子呢，他很难找到我。

我终于放下了电话。

已经五点了，我真是累坏了——瞧啊，我可是天还没亮就起来了。我走过去躺在了客厅的沙发上。电视已经开了一整天，声音关着。肯尼喜欢这样。如果他进来的时候电视黑着，他就会有点儿害怕。

我把眼睛闭上，休息了一秒钟。当我再次睁开眼时，立刻意识到，已经过去了不止一秒钟。不对劲儿。

第十八章　爸爸不一样了

我急忙朝工具棚冲去。门开着，里面传来了说话声。

“这一只是獾，”一个声音说，“它叫嗅嗅。它是我的。你可不能逗它玩儿，它要是咬了你，可不会松口。到时候他们就得用救护车把你送到医院去，让医生把嗅嗅切下来才行。”

“肯尼，”我站在门口说，“你不是保证过不告诉萨米特吗？”

他们俩都猛地转过身来。萨米特正抱着蒂娜。他戴着眼镜，厚厚的镜片后那两只眼睛瞪得老大，像两只小碟子。

“没有，我没有！”肯尼叫道。我不知道他是说他没保证过还是没告诉萨米特。我很爱肯尼，但他撒起谎也是张嘴就来。

“我谁都不告诉。”萨米特说。他紧紧地抱着狗狗，好像觉得这样就能阻止我一气之下揍他似的。

“你要是告诉别人，杰斯鲍就会知道，他就会来杀死嗅嗅的。”我警告道，努力让自己的样子和声音十分吓人。

这招儿果然奏效，但那只不过是因为萨米特才八岁。要是他有九岁，大概就看穿我了。

萨米特和肯尼两个人都低下了头，看着自己的脚。

“好的。”他们俩说。

“你们俩可以给它们喂东西吃。”我说，口气放软了一点儿。

“好的！”这一回，两个人回答的声音完全不同了。

很晚了，我终于听到爸爸回来的声音。肯尼睡着了，两只动物在屋外的工具棚。

我以为爸爸又会喝醉，但这一次他没有。他看起来很累。

“你去哪儿了，爸爸？”我问。

“去找工作，儿子。”

他已经好久没有出去找过工作了。

“运气怎么样？”

他耸了耸肩。“附近什么机会都没有，还不如去北极试试看呢。”

尽管看上去很累，但就像我说的，今晚爸爸有点儿不一样。并不是开心，但比往常少了一丝悲伤。我是说，他居然说到了北极——这差不多算是个玩笑吧。我都不记得他上一次开玩笑是什么时候了。

我很想再多问问，却不知道该怎么问出口。于是，我给我们俩各泡了一杯茶，等着他自己告诉我。

“我今天进城了。”他开了口，又停下来，把茶慢慢吹凉。我坐在餐桌对面，慢慢呷着茶。桌面上满是划痕和各种印记。我盯着桌子上那处肯尼用叉子刻下“肯尼”的地方。

“我去了星巴克，”爸爸说，“我有一张从报纸上撕下来的免费咖啡券。在那儿见了我以前上学时认识的一个人。用不着摆出这种吃惊的表情吧。是啊，我也上过学。她毕业后当了护士，如今在西克罗夫特工作。我们聊了聊，她说病房现在需要护工。”

“护工？”我愣了愣，“那是什么？”

“就是帮护士干活的人。”爸爸说，“比如换绷带、擦屁股、喂病人吃饭之类的。她说我比那里的大多数人考过的试都多。她觉得，只要替我说说话，就能让他们接受我去参加培训。”

“那你跟她说了……说了警察的那个……麻烦吗？”

爸爸点了点头。

“她说，只要不是被判入狱就行。就是说，只是社区服务就没关系。”

我知道，爸爸是想告诉我点儿什么。不光是他有了一个女朋友——或者可能有了一个女朋友——的事，不光是他可能要有工作的事。还有别的。但他并没有告诉我，至少没有说出来。我们就那么坐着喝完了茶，什么都没说。你知道那种滋味吗？就是有些情况下，虽然沉默，却好像很紧张，紧张到让人觉得恶心。

不过这一次不是那样的。

第十九章　要是警察知道了

第二天早上，两样东西把我弄醒了。第一样是透过窗户照进屋子的阳光。窗帘老早以前就掉下来了，但我不知道怎么修。大多数时候外面都是阴天或下雨，所以关系不大。但碰上阳光明媚的日子，太阳就会正好照到我的眼睛。

第二样是噪声。那个声音有点像贝壳里听海浪，也有点像清晨的鸟叫。然而，那不是海浪声，也不是鸟鸣声。

我下了床，穿着睡衣走出房子。

一群小孩子正挤在工具棚的门旁边聒噪个不停，

好像什么人在摇晃可乐瓶，泡沫不停地冒出来。

我本该生气的，可就是办不到，特别是看到肯尼正对他们颐指气使的那副样子。他看上去简直就是国王，甚至是神，因为他怀里正抱着一个神奇的东西，一个来自野外的东西。

没错，那个笨蛋正把獾宝宝拿出来给大家看，让他们轮流抚摸它。当小孩儿伸出手指碰到幼獾时，它就会张嘴咬一下，惹得这帮小孩子又是害怕又是高兴地尖叫个不停，实在有点儿夸张过头了。

“真见鬼，肯尼。”我叫道，努力让声音听起来就像是被獾咬了一口似的，“你这是在搞什么鬼？”

肯尼并没有听。也许他压根儿听不见。这儿至少聚集了十五个孩子，都挤在工具棚里，就好像在圣诞节刚刚打开花街巧克力罐子。

“别吵了！”我吼了一声，所有人终于安静了下来。我奋力挤到了最前面。那简直就像在布里德灵顿的海水里行走，海浪拍打着大腿，举步维艰。

萨米特抱着肯尼的小猪存钱罐。蒂娜抬着爪子，扒着纸箱的边缘，这样才能好好地看一看热闹。尽管身上满是结痂的咬痕，但它看上去精神很不错。

就在我眼皮底下，一个小孩儿往存钱罐里放了十便士，还想再摸摸獾。

“够了，肯尼。”我说。

“为什么？”肯尼问，“我的存钱罐又快要装满啦。我们可以用来买薯条什么的。我告诉萨米特，要是他负责捧着存钱罐，我也会给他买点儿薯条。”

“肯尼，你到底知不知道，什么叫作秘密？”我说，“是谁告诉他们的？”

“呃，都是我的错，尼基，”萨米特说道，看起来有点窘迫，“我告诉我弟弟了，结果他就泄密了。”

“我不怪你，萨米特。”我说，“我告诉过肯尼，别告诉任何人。这种事只要有一个人知道，所有人就都知道了，尤其是在我们这样的地方。要是警察知道了，或者……”

“要是警察知道了什么？”

这句话把所有的小孩子都吓跑了。他们像大风中的树叶一样四散而去，工具棚门口出现了爸爸高大而憔悴的身影。

第二十章　坦白时刻

当爸爸意识到肯尼手里抱着的是什么时，不禁“啊”了一声。

好吧，实际上，他并没有说“啊”，只是摆出了“啊”的口型，没有发出声音。真正脱口而出的第一句话是“见鬼！”

肯尼看了看爸爸，看了看獾，又看了看我。然后，把獾猛塞到身后。

“我什么也没拿，”他说，“对不对，萨米特？”

萨米特一脸困惑地看看四周。爸爸帮他解了围。

“萨米特，回家吧，孩子。”他说，语气中并没有责备。

现在所有的孩子都消失了，这里只剩下我、爸爸、肯尼，还有小獾。蒂娜依旧扒着纸箱边缘往外张望。

“这是从哪儿弄来的？”爸爸问。

“不知道。”肯尼说。他终于不再试图藏起獾，又把它抱在胸前。小家伙似乎毫不抵触。

我想，最好还是实话实说。于是，我把杰斯鲍、里奇和罗布的事，还有老獾被杀的事告诉了爸爸。

当我说出杰斯鲍的名字时，爸爸身子一僵，就好像有人猛地扯了一把他后脑勺的头发。但他什么也没有说，一直听我讲完了整个故事。讲到一半时，肯尼抱腻了，把獾宝宝放回到狗狗待的纸箱里。

听完事情的经过，爸爸说：“你们不能养它，儿子。这是有法律规定的。如果警察发现我养了一只野生动物，就会判我违反了保释规定。你知道那意味着什么。”

“我知道，”我说，“我有个计划。”

我以为我爸爸会问我是什么计划，但他只是说：“你们最晚下周末之前搞定。那是最后期限。”

第二十一章　地图，以及我的计划

在学校，我有那么点儿独来独往。确实有几个孩子，我们课间休息时会一起玩儿，但也仅此而已。如果操场上有大型足球比赛，我也会参加。我不会第一个被选中，也不会被剩到最后。我就是那种中不溜儿的孩子，不特别好，也不特别差，无论加入哪一边都不会有人在乎。

但大多数时候，我总是一个人，要么坐在长椅上看书，要么四处溜达，尽量避免惹麻烦。

以前，我很喜欢下雨的日子，因为这种时候我就可以把休息时间用在图书馆里。要是去得足够早，甚至还能用上电脑。

今天就是个雨天。这很不错，因为我的确有正事要做。

《獾》告诉我，在距离小树林的那个边缘洞几英里[①]的地方，应该还有一处主洞。我大概知道要找的是什么。书上说，獾的洞穴几乎总是在树林边缘，紧挨着农田。獾喜欢在树林里寻觅蠕虫和甲虫之类的食物，还喜欢去田地里吃各种农作物，玉米、胡萝卜，什么都吃。

所以，我直接在地图上搜索。我先输入我们这里的邮政编码，放大地图，在四周移动搜索，终于找到了这一片儿。

即便只是从正常视图来看，这地方也相当惊人。

我之前总说，在我们这儿，永远只能看到光秃秃的田野。然而，事实不是这样。我从小到大一直住在这里，但这一刻才看到那些我以前完全不知道的地方。有许多小溪，更重要的是，许多树林。其中一些树林的面积竟然非常大。这些树林大多都距离主干道好几英里远，所以我压根儿就不知道。现在想来，坐在双

---

① 1英里约为1.6千米。

-3°C

层公交车上面时，我可能见过某些，但从来没有深入探索过。

当我把地图切换到卫星视图时，一切就看得更清楚了。我可以把地图放大，大到能看清每一棵树。

我一直认为我生活的地方有点儿像个垃圾场。但此刻，我从上方俯瞰，看到那么多田野和树林，竟觉得这里看上去是个好地方。

休息时间结束了，我得回去上课了。不过，无所谓，我找到了目的地。就在距离小树林大约 1 英里远的地方。

地图上甚至给那个地方起了个名字。

布洛克树林。

我从来没有听说过“布洛克”这个词，查了字典才知道。得知它的意思后，我一下子激动起来。

布洛克就是从前对獾的叫法。

第二十二章　第一次搜寻行动

放学后，我问爸爸能不能帮我修好肯尼的自行车。爸爸一直趴在厨房的桌子上填写一些表格。我都不记得上一次见他做这类事是什么时候了。我猜，这大概和 DVD 的案子有关。

“那辆自行车对你来说有点儿小。”他说。

“我知道，爸爸。不过那是我最好的选择了，我需要用它来……”

“实施你的那个计划？”

我点了点头。

他叹了口气，放下了圆珠笔。“我去拿工具。”

肯尼的这辆自行车，就算是全新的时候，也实在不怎么样。它既不是山地车，也不是竞赛车，只是一辆儿童自行车，也许适合九岁的孩子骑。现在这辆车一团糟，棕色的油漆剥落，到处布满了铁锈，就像肮脏的头皮屑。此外，两个轮胎都瘪了。我们给其中一个轮胎打满了气，但另外一个轮胎扎破了。爸爸补好了轮胎，把车轮装了回去。他又修好了车闸，接着看了看变速轮。

“我修不了这个，”他说，“不过我可以帮你把挡位锁定在二挡，这样也不会太糟。”

过了大约一个小时，我终于有了一辆破破烂烂、一点儿也不酷的自行车。不过，那好歹是一辆我能骑的，破破烂烂、一点儿也不酷的自行车。

修到一半时，肯尼从学校回来了。这一次，他没有唠叨个不停，只是站在一旁看爸爸工作。我想，他应该已经记不起来什么时候见爸爸做过这样的事了。

“我现在能骑了吗？”自行车修好后，肯尼问道。

“我得先替你试一下。”我说。

不等他回过神儿来，我就骑上车子走了。

为了去布洛克树林，我不得不先穿过小树林。只要道路平坦或者下坡，骑着就没问题。不过，要是上坡路，哪怕只是一个小山丘，骑起来也十分折磨人。这辆自行车又旧又小，我一路上都暗暗祈祷别被人看到，因为我的样子看上去一定傻透了。

过了小树林之后是更多的牧场。有的养了绵羊，有的空荡荡的。还有一条铁路隧道从下方穿过。以前散步的时候，我们从没走过这么远。往前走多远，回来就得走多远，等于是要花双倍的力气。

图书馆打印东西要二十便士一页，所以我没有把地图打出来，但我记得很清楚。快到铁道，会有一条土路。路面太过颠簸，没法骑自行车，我只好推着它往前走。接着，地面微微向上隆起——与其说是山，不如说是一个土丘。终于，布洛克树林出现在了眼前。

从地图上看，它简直小得要命。但此刻我站在它面前，却发现它简直像一座大森林。我们以前怎么从来没有发现过这里呢？

有一件事我很清楚——它太大了，靠我一个人，一个晚上根本不可能全部搜完。天已经开始黑了。好在我知道要找什么。大洞，靠近斜坡或者树根。洞口的形状应该像个平躺的大写字母“D”。

树林和牧场之间有一道带刺的铁丝栅栏。我抬起最上面的一根铁丝，小心翼翼地从下面钻了过去，结果还是被勾到了帽衫的兜帽。

我知道，我只有几分钟，所以我一进来就集中精神观察面前的这一小片树林。这里很美。这里的树木更高大、更壮硕、更……我不知道该怎么形容，应该是……雄伟，是的，比小树林里的那些更雄伟。这里的一切看上去都那么古老，仿佛自从开天辟地就在这里了似的。

我从灌木丛上折下一根木棍，一边往前走，一边拨扫、敲打脚下的植物，就像探险家拿着砍刀开路似的。我发现了兔子的粪便、鸟窝和一辆被人丢弃了一百年的旧婴儿车。接着，我又发现了几处流浪汉点过的篝火堆，还有一个可能是老鼠或者田鼠的洞——也许不属于任何动物，只是个普通的洞。

我甚至还发现了一根长长的斧头柄，刚好从斧头的位置断下来的，它摸起来滑溜溜、沉甸甸的，我很想留着，但我知道带着它骑自行车会很困难，所以我把它插在了地上，靠近一根固定铁丝栅栏的木桩。我想，也许有一天我能回来拿走它。

就这样，我发现了很多新奇的东西，但没有找到獾洞。没关系，我暗暗安慰自己，还有整整一个星期呢。

第二十三章　大功告成

第二天是星期二。我以最快的速度从学校冲回来，又花了两个小时寻找獾洞。这一次，我沿着树林另一侧和田野交界的地方开始寻找。

还是一无所获。嗯，确切地说，除了满胳膊荨麻刺和荆棘留下的划痕之外，一无所获。

当我回到家时，肯尼、萨米特和几个小孩正在工具棚里和蒂娜、獾一起玩。看上去，他们对獾的狂热似乎冷却了一点儿。

蒂娜看起来好多了，更像以前的它了。只不过，以前的蒂娜会把人的脸咬下来，才不会允许肯尼这样抱着它亲它。

星期三的结果和星期二一样。

我开始担心起来。我原以为獾洞会位于树林边缘的某个地方。可如果不是这样呢?如果是在树林深处的某个地方,那可能要花上好几个星期才能找到。也许永远也找不到。但我必须找到。所有的一切都在指望着我呢,都指望着我能找到獾洞,能把嗅嗅还给它妈妈。

到目前为止,我还没告诉肯尼布洛克树林的事。就他的脑子,不管放进去什么都会掉出来,告诉他根本没有意义。万一掉出来再被谁捡到呢?

但我现在觉得,我需要他。

于是,到了星期四,我让肯尼借来萨米特的自行车,我们俩一起骑车上了那条小路。

这趟旅途也有点儿搞笑,因为肯尼很想骑自己的自行车。所以,我只好骑萨米特的了。它比肯尼的那一辆还要小,我们看上去一定像两个小丑。

然而,这同时也很……怎么说呢……特别。我们已经很久没做这种事了,这种感觉很不错。感觉很自由。我脑海中所有那些不好的事,那些糟糕的回忆,那些遗憾和痛苦，都被迎面而来的风和肯尼的笑声带走了。

一到那里，我们立刻开始搜寻。肯尼用木棍挥舞、抽打着荨麻，假装在杀死恶魔、半兽人或者某个我不知道的怪物。

有肯尼做这些力气活，我决定动用一下我的大脑，像獾一样思考。我在那本《獾》上读到过，獾需要干燥的土壤，所以我不用费心在潮湿的地面上搜寻。这么做很有用，因为有一条泥泞的溪流穿过树林，很多地面都相当潮湿。然后，我专心寻找新翻上来的土，也就是獾挖洞时抛出来的泥土。

找了一个小时，我们还是一无所获。肯尼已经放弃了，开始爬树。他是个攀爬高手。但他也是个摔跟头高手，所以我觉得最好还是把他叫下来一起回家。我们还有一天的时间，我可不想今天就带着摔断了腿的肯尼回家。

他爬上了一棵高大的老树，树皮上满是结瘤，树干从很低的地方分出枝杈，让肯尼爬起来很方便。我看了看树叶，就连我都能看得出，那是一棵橡树。

“下来，肯尼，”我说，“我们明天再来试试。”

“我在这上面能看得更清楚，”肯尼喊道，“我能看到教堂和薯条店。我们能买点儿薯条吗？”

“可以，肯尼，”我说，“但你要是还待在那棵该死的树上就不行，快下来。”

在等着肯尼爬下树时，我踢了踢树下蓬松的野草。

都是蓬松、干燥的野草。

我立刻回忆起书上讲到的。獾喜欢经常把洞穴里垫窝的材料清理出去，这样能同时清理掉跳蚤和其他寄生虫。

我的雷达开始超速运转。我环顾四周，开始寻找洞穴的入口。就在那里！在树根处，我终于发现了那个洞。真不知道为什么之前一直没有注意到，但现在我终于发现了。

肯尼落在我旁边，做了个前滚翻。他曾看到电视上有人这么做，大概是伞兵之类的，所以他每次落地时就会这么来一下。

“我找到了，肯尼。”我说。

“我就知道你会找到的，”肯尼答道，“你什么事都能做得到。”

我不知道肯尼是不是确实想表达这个意思，但这

话的确让我心里热乎乎的。

“还会有更多的洞，”我说，“帮我找找看。”

我们四处寻找，很快又发现了两处入口。其中一个离得很近，另一个远一些，在另一棵树下。

“任务完成了，”我对肯尼说着，一起走回去拿自行车，“星期六一早，我们就把嗅嗅还给它妈妈。”

“我打赌，妈妈见到宝宝回来，一定很高兴。”肯尼说。我扭头看他时，满以为他会咧嘴笑，但他看上去却有些悲伤。

“也许要失去小獾了，所以感到难过吧。”我想。

第二十四章　最后的决定

星期五喝完茶之后，爸爸和我谈了一次。肯尼、萨米特则和蒂娜、小獾最后一次一起玩了一会儿。我告诉他们俩，不该再和它们玩了，因为獾宝宝要准备回到同类当中去了。但他们根本不听，我也不忍心再阻止。

像往常那样，爸爸捧着一杯茶，这样在谈话时他能自在点儿。事实上，他这几天喝了很多茶，没怎么喝超市的廉价淡啤酒。也许我们现在穷得连那个都买不起了？

“你知道吗，尼古拉斯，”爸爸叫了我的大名，

“我有可能会……离开你们。”

“你是说进监狱吧，爸爸？”我说，“我知道。”

“如果真是那样，你和肯尼就得送到别处去照顾。”他说。

我点了点头。

“嗯，”爸爸继续说，“我决定了，我不能让这种事发生。”

“可是，你也没办法呀，爸爸。”

“有的。有一件事，我能做。”

我只花了一秒钟就理解了他在说什么。他打算揭发杰斯鲍的爸爸米克·鲍恩。

“你不能那么做，爸爸，”我说，“米克会杀了你的。”

“他杀不了我，他们会把他关进去的。”

“可是，他放出来以后怎么办？”

爸爸耸了耸肩。

“知道吗？我和米克小时候还是好朋友呢。那时候，我们都以为自己以后会像我们的老爹一样，一辈子在地底下干活。可后来煤矿关闭了，我们俩也分道扬镳了。他走他的路，我走我的路。但米克他，从来都不是个……不是个……坏人，不像他那个儿子……总之，我想说的是，我会尽我所能，让我们全家待在一块儿。”

听了这话，我一时不知道该怎么办。我想我应该给他一个拥抱之类的，但我们家从来都不兴这一套。

“你和那个护士怎么样了？”一阵别扭的沉默后，我问。

爸爸尴尬地笑了笑。

“这个嘛，嗯，我今天晚上可能会在酒吧见到她，她说她会去。我说，我可能也会去。”

“你的衬衫熨了吗？裤子干净吗？”我问。

爸爸终于笑了起来。

“啥时候我需要你来告诉我怎么才能显得帅气，我就彻底没指望啦。”他说。

然后他收起笑容看着我，看着我身上穿的衣服。那是一堆不合时宜的混搭。有的太小，因为我长高了；有的又太大，因为那是爸爸的旧衣服，而我还没有长到那么大。

“我知道，我们没什么钱买新衣服。”他说，“但是，一切都会变好的，儿子，我们会好起来的。”

“好的，爸爸。”我说完，赶忙转身出去找肯尼和萨米特一起玩。这样，爸爸即便哭出来，也不会因为被我看到而感到更尴尬了。

第二十五章　醒醒，尼基！

“醒醒，尼基，醒醒！”

这次没有那么早，外面的天已经亮了，但仍然很冷。我仍然想多睡一会儿。

“走开，肯尼，”我说，“我们待会儿再带嗅嗅去树林，不用那么急啊。”

“很急，”肯尼仍然不停地摇晃我，说道，“它不见了，尼基。蒂娜也不见了。他们把它弄走了。杰斯鲍……”

我立刻跳下床，套上牛仔裤和T恤衫，急得在卧室的地板上跳来跳去。

外面工具棚的门是被人一脚踹开的。这人可真蠢，门上压根儿就没有锁，只不过有时候会卡住而已。不过，这无疑是杰斯鲍的杰作。

“快去叫爸爸，”我告诉肯尼，“叫他到小树林后面的那个树林去。那地方叫布洛克树林，他可能知道那儿。告诉他，尽快赶过来。”

“那你打算怎么办？”

我已经跳上了肯尼的自行车，以最快的速度骑了出去。

我不知道自己是怎么知道他们在哪里的，但我心里就是知道。我把自行车扔在小道上，沿着铁路狂奔，径直跑进了树林。如今，我闭着眼睛都能到那里。但我今天并不需要借助上次的经验。还有别的线索——狗的叫声。

我懒得费力爬过铁丝栅栏，直接像个奥运跨栏选手似的跳了过去。

我原本希望他们找不到洞穴，但我猜这对狗来说很容易。他们就在那儿，聚在橡树下的那个洞周围。

当然，他们正是杰斯鲍、里奇和罗布。还有撒旦，看起来比之前更加邪恶，像电脑游戏里的怪物一样疯狂地吠叫，流着口水。最后，我见到了蒂娜。它一看到我就想跑过来，但脖子却被里奇拴住了。里奇恶狠狠地把它拽了回去。

嗅嗅就躺在洞前，后腿上绑着一跟绳子。绳子系得非常紧，几乎勒进了肉里。绳子的另一端系在一个固定帐篷的木桩上，木桩被他们楔进了地里。

看到我，杰斯鲍可能有点意外，但至少脸上没有表现出来。

“他来了，那个偷狗的大废物。”

“我没有偷狗，”我反驳道，“是你们把它丢下等死的。”

“哼，”里奇说，“可它现在好了。你为我们照顾得不错呀。算你走运，不然我早就把你踢得屁滚尿流了。”

罗布哈哈大笑。杰斯鲍只是狠狠瞪着我。

我忍不住问他们是怎么知道这个地方的。

“不是吧？”杰斯鲍奚落道，“天天看一个傻子和一个废物骑着儿童自行车往这儿来，居然还……？你不会真以为没人注意到吧？”

“把獾还给我。”我说。我努力迎上杰斯鲍的目光，心里却怕得要死，五脏六腑已经化成了一坨果冻。

“可以给你，等它死了，”杰斯鲍说，“等它、它妈妈、它爸爸，还有它们一家子都死了再说。是它们杀死了我的烂渣，现在它们都得偿命。”

“那你打算怎么做？”我问，突然灵机一动。

我故意大笑。“你们可真够笨的，不是吗？”我说，“居然想用这只獾把它们引出来。”我指着嗅嗅说，“满树林子都是你们身上的臭味儿，都听见你们的狗在狂叫，你们不会真以为，这样就能把它们引出来吧？”

“是啊，为什么不呢？”罗布反问道，“它们一闻到它的气味，就会出来的。我们可以等啊。等它们出来了，我们就上。”

虽然他嘴上这么说，但你能看得出，他的眼睛里露出一丝迟疑。于是，杰斯鲍接过了他的话茬儿。

“无所谓，”他得意地笑了笑，“要是它们不出来，我们就和这个小家伙好好玩玩。然后呢，我们就把剩下的洞都挖开，哪怕挖一整天也无所谓呀。”

“不，你们不能那样。”我攥紧了拳头，惹得他们又笑了起来。

杰斯鲍收起了笑容，看向我。突然之间，他完全不像个孩子了，而是更老练，更阴暗，更冷酷，更邪恶。

“好好看看你在哪儿吧，大废物，”他说，“睁大眼睛，好好看看周围。这儿一个人都没有。我们想怎么对你就怎么对你，没人会知道。我们能在这儿杀了你，把你剁成块儿，直接喂狗。”

他说这话的时候，里奇和他那神经病兄弟就在一旁看着。我知道，他们真的会这么做。

我狂奔起来。

一阵笑声。其中一个人在叫：“胆小鬼！”还有一个在喊：“跑啊，废物！”

但杰斯鲍的声音响起来：“追上他，别让他跑了。”

他们以为我跑是因为害怕。没错，我的确害怕，但我并不打算逃跑。

我来到栅栏边我藏起斧头柄的地方。罗布就跟在我后面。他肯定以为我停下来是要爬过铁丝栅栏。但我不是。我一下子从地上拔出了斧头柄，原地转身，挥了出去，刚好击中了罗布的膝盖下面。那斧头柄像根铁棍，光滑，沉重，坚硬。他顿时失去了平衡，跌倒在地。

我又跑了十来米回到了橡树旁，那两个家伙还没弄清楚怎么回事。我从树林里冲回来，他们俩一脸傻气地看着我。我站在了他们俩面前，把嗅嗅和洞口挡在了身后。

不知怎的，蒂娜挣脱了项圈，站到我身边，对着那两个人叫个不停。

罗布一瘸一拐地走了回来，一脸怒火。

现在，他们三个站成一排，面对着我。撒旦使劲拉扯着杰斯鲍手中的绳子。

“谁敢靠近一步，我就敲碎他的脑袋。”我说着，挥了挥手中的斧头柄。真是一件趁手的好武器。我觉得自己简直有点儿像圆桌骑士之类的。同时，我心里也很害怕。我不可能打得过他们所有人。我甚至连一个都打不过。但我也不想，我只是在拖延时间。

我想过里奇、罗布或杰斯鲍会扑上来攻击我，也想过也许在他们把我放倒之前我能用斧头柄打中他们几下子。但我注意到，他们都没有看我，而是盯着我手中那根光滑、粗壮的木头。我看出来了，他们是一群懦夫。这给了我一丝希望。

突然，杰斯鲍解开了撒旦项圈上的绳索。那条狗立刻朝我扑了过来。我只来得及举起斧头柄，狗的利齿就咬住了它。还好不是咬住我的脸。

但是撒旦实在是太重了，我一下子跌倒在地。我听见蒂娜在撒旦身侧疯狂地叫个不停，但那条大狗完全不把它放在眼里。它的脸贴着我的脸，嘴里喷出烂肉和血的臭气。我的喉咙里发出一种声音，也许是哀号，也许是尖叫，我也说不清。回应我的是杰斯鲍、里奇和罗布鬣狗一般歇斯底里的狂笑。

我闭上眼睛，等待着恐怖时刻的到来，等待着利齿撕裂我的脸颊、鼻子和嘴巴。

然后，不知怎的，狗的重量从我身上消失了。我睁开眼睛，看到了爸爸。他扯住撒旦的项圈，把它高举到了空中。那条狗和我一样重，甚至更重，却被爸爸像举一个婴儿似的举了起来。他朝杰斯鲍走去，一把抢过他手里的狗绳。杰斯鲍只是呆呆地站在那里，张大了嘴。爸爸用狗绳重新拴住撒旦，把它拴在了一根树桩上。

那条狗浑身颤抖，不停地呜咽，一半是害怕爸爸，一半是因为被勒得够呛。

爸爸走过来，把我从地上拉了起来，然后转身面对那三个小子。他脸色铁青，声音像摩擦着的生铁。

“你们放狗咬我的儿子，”他说，“还来这里杀獾。你们要是大人，我会让你们付出代价。但你们不是，你们只是孩子，只是些乱捅娄子的青瓜蛋子。”

“闭嘴，你这个蠢货，”杰斯鲍终于恢复了声音，“你就是个窝囊废，流浪汉。我爸让你干啥你就得干啥，让你把盗版 DVD 放在自家棚里你就得乖乖地照办。你可真蠢，说不是偷来的，你还真相信。现在又胆小如鼠，根本不敢告发他，因为你知道他会怎么做。而且——”

但他的话刚说到这里就被打断了。一个身材高大的胖子从灌木丛中挤了出来，气喘吁吁。他身后跟着另一个瘦得多的家伙。

“有点儿意思，”那胖子说，“刚刚好印证了我们打听到的一些事呀。”

“嗅嗅！蒂娜！你们都好吗？我来救你们了！”

那个胖子是我们村的警察，名叫吉姆·谢泼德，不过大家都叫他谢泼。谢泼是个酒鬼，又懒又笨，没人记得他破获过任何案子。但此刻，他就在这里。

另一个人当然是肯尼，他朝我们跑来，一时不知道该拥抱谁。蒂娜率先跳进了他的怀抱，省了他的麻烦。

我看着爸爸：“这是……？”

“肯尼告诉了我之后，我先去了一趟警察局。谢泼开车带我来的。对不起，这么久才来。”

“没事儿，爸爸。你能找到这儿，多亏了肯尼。”我伸出胳膊搂住了肯尼，爸爸搂住了我们俩。

十分钟后，布洛克树林里只剩下了我和爸爸、肯尼，还有蒂娜。谢泼把其他人都带走了，那帮家伙都像撒旦一样，又害怕又恼火。

爸爸解开了系在小獾腿上的绳子。小家伙转过身来，舔着被绳子捆过的勒痕。

“嗅嗅正看着我们呢，”肯尼说，“它在跟我们说再见。”

这正是它看上去的样子。然后，这头幼獾一路踏着小碎步往树下的洞口跑去。我不太确定，但我好像看到洞口闪过一个黑白相间的鼻子，在欢迎它回家。

尾声　再见，嗅嗅！

六个月后，夏末的一天。

前一个星期，天还热得要命。但现在，清晨五点，已经有点儿凉了。我真后悔没穿上套头毛衣。我们蹲在布洛克树林里，离獾洞几米远的地方。有我、肯尼，当然还有爸爸。

还有爸爸的女朋友珍妮。

珍妮人很好。她特别擅长在肯尼烦躁的时候安抚他。她是护士，肯尼要是从树上摔下来，摔个鼻青脸肿——他经常会这样——的时候，她就更擅长啦。她还送给了我一台游戏机，那是她从 eBay 上淘来的。

爸爸认了罪，承认自己参与窝藏赃物，被判做五十个小时的社区服务。他本来还得提供对米克·鲍恩不利的证据，但警察找到了关于米克的一大堆证据。这样一来，爸爸的证据就没那么重要了。鲍恩给爸爸发了一条短信，只有一句话："我自作自受。"

因为猎獾和放狗咬我的事，杰斯鲍、里奇和罗布也被罚做了社区服务。有时候，要是在村子里遇上，他们会瞪我。杰斯鲍还会用手指划脖子，好像要割开我的喉咙。但我知道那都是扯淡，他压根儿就是个懦夫。

爸爸得到了一份护工的工作。钱少得可怜，但他很喜欢。

走到这里来看獾，是他的主意。我说，要是我们在这里，它们是不可能出来的。可是，肯尼已经知道了爸爸的打算，这就没办法不来了。让我惊喜的是，珍妮也想这么做，不过她已经给我太多惊喜了。也许，我只是还不习惯身边多了一位女士罢了。关于这一点，我们几个都需要适应。确切地说，是两位"女士"，蒂娜现在是我们的狗狗了，好吧，是肯尼的狗狗。我觉得他爱这只狗狗胜过爱我和爸爸，狗狗也爱他。

爸爸在獾洞前撒了一点儿蒂娜的狗饼干。但我们在这里待了半个小时，依然看不到任何活物。

我正要问能不能回家，突然，肯尼身子一僵，抓紧了我的胳膊。

“嗅嗅！”他低声说。

果然。在洞穴入口的阴影里，出现了一块独特的黑白图案。一只鼻子露了出来，嗅了嗅，又退了回去，显然是在狗饼干的诱惑和狗狗的威胁之间反复权衡。我们屏住呼吸好几秒，终于憋不住了，准备转身离去。

正在这时，一个身影从洞里窜了出来。它朝我们跑来，碰了碰蒂娜的鼻子。蒂娜摇了摇尾巴，跳了一小下。在这神奇的两分钟里，狗狗和獾一起在枯叶中打滚、玩耍。然后，一切都结束了。嗅嗅叼着一块饼干走了，我们则一起穿过树林，穿过田野，往家的方向走去。

致谢

我由衷感谢巴林顿斯托克出版社出色的编辑团队，尤其要感谢迈里·基德，是她的坚持不懈和谆谆引导，使这本书得以问世。